GABRIEL GARCÍA MÁRQUEZ

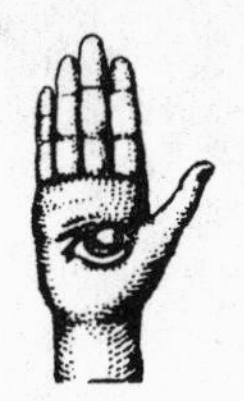

GABRIEL GARCÍA MÁRQUEZ

Diatriba de amor contra un hombre sentado

grijalbo mondadori

GRIJALBO MONDADORI, S.A.
Aragó, 385, Barcelona
Cubierta: SDD, Serveis de Disseny, S.A.
Ilustración cubierta: Jordi Sàbat
Primera edición, febrero 1995
Primera reimpresión, mayo 1995
ISBN: 84-253-2757-1
Depósito legal: B. 18.038-1995
Impreso en Hurope, S. L., Recared, 2, Barcelona

Esta obra fue estrenada en Colombia
en el *Teatro Nacional*,
el día 23 de marzo de 1994, en el marco del
IV Festival Iberoamericano de Teatro,
con la coproducción del
Teatro Libre de Bogotá, el *Teatro Nacional*
y el *Instituto Colombiano de Cultura*.

La actriz fue
LAURA GARCÍA,
el diseño escenográfico estuvo a cargo de
JUAN ANTONIO RODA,
la música la compuso
JUAN LUIS RESTREPO,
y la dirigió
RICARDO CAMACHO.

Antes del tercer llamado, aún con el telón bajo y encendidas las luces de la sala, se oye en el fondo del escenario el estropicio de una vajilla que está siendo despedazada contra el suelo. No es una destrucción caótica, sino más bien sistemática y en cierto modo jubilosa, pero no hay duda de que el motivo es una rabia inconsolable.

Al terminar los estragos se alza el telón en el escenario oscuro.

Es de noche. Graciela raya un fósforo en las tinieblas para encender un cigarrillo, y la deflagración inicia la lenta iluminación del escenario: es un dormitorio de ricos, con pocos muebles modernos y de buen gusto. Hay un viejo perchero, donde están colgadas algunas de las ropas que Graciela va a usar a lo largo de su monólogo, y que permanecerá allí todo el tiempo del drama.

El escenario básico es un espacio sobrio, previsto para experimentar cambios de lugar y de tiempo según los estados de ánimo de la protagonista única. La cual, mientras habla, hará los cambios necesarios para transformar el ambiente. En algunos casos, un criado sigiloso y en sombras, entrará en escena para hacer ciertos cambios.

En el extremo derecho, sentado en un sillón inglés, en traje oscuro y con la cara oculta detrás del periódico que finge leer, está el marido inmóvil. Es un maniquí.

En los distintos escenarios habrá vasos y jarras de agua, así como cajas de fósforos y paquetes de ciga-

rrillos o cigarreras. Graciela tomará agua cuando quiera, y encenderá los cigarrillos por impulsos irresistibles, y los apagará casi en seguida en los ceniceros cercanos. Más que un hábito es un tic que el director manejará según las conveniencias dramáticas.

El drama transcurre en una ciudad del Caribe con treinta y cinco grados a la sombra y noventa por ciento de humedad relativa, después que Graciela y su marido regresan de una cena informal poco antes del amanecer del 3 de agosto de 1978. Ella lleva un traje sencillo de tierra caliente con joyas cotidianas. Se ve pálida y trémula a pesar del maquillaje intenso, pero mantiene el dominio fácil de quien ya está más allá de la desesperación.

GRACIELA:

¡Nada se parece tanto al infierno como un matrimonio feliz!

Tira el bolso de mano en un sillón, recoge del suelo el periódico de la tarde, le da una hojeada rápida y lo tira junto al bolso. Se quita las joyas y las pone sobre la mesa de centro.

Sólo un Dios hombre podía regalarme esta revelación para nuestras bodas de plata. Y todavía debo agradecerle que me haya dado todo lo necesario para gozar de mi estupidez, día por día, durante veinticinco años mortales. Todo, hasta un hijo seductor y holgazán, y tan hijo de puta como su padre.

Se sienta a fumar, se quita los zapatos, se sumerge en una reflexión profunda, y en un tono bajo y tenso, de moscardón monocorde, reanuda el sartal de reproches interminables:

Qué te creías: ¿que íbamos a cancelar a última hora la fiesta más hablada del año, para que yo quedara como la villana del cuento y tú bañándote en agua de rosas? Ja, ja. ¡La eterna víctima! Pero mientras tanto te niegas a contestarme, te niegas a discutir los problemas como la gente de bien, te niegas a mirarme a la cara.

Larga espera.

De acuerdo: también el silencio es una respuesta. Así que ya puedes quedarte ahí hasta el final de los siglos, porque a mí sí que me vas a oír.

Apaga el cigarrillo restregándolo sin piedad en el cenicero, y empieza a desvestirse poco a poco sin interrumpir el monólogo.

Como el vestido es cerrado en la espalda con una larga hilera de botones, Graciela hará toda clase de tentativas casi acrobáticas para desabotonarla sin apelar a la ayuda del marido. Pero terminará por rendirse, agarrando con toda su fuerza los dos lados del vestido a la altura de la nuca, y haciendo saltar de un tirón enérgico la hilera de botones. Al final se quitará las medias, y quedará descalza y vestida sólo con la combinación de seda.

A la noche estará aquí todo el que vale y pesa en este país. Es decir, todo el mundo menos los pobres. Tal como tú mismo lo anunciaste hace veinticinco años, cuando juraste que ibas a consagrar cada minuto de tu vida a preparar las bodas de plata del matrimonio más feliz de la tierra.

Pues bien: aquí estamos. Si no fingieras tanto interés en ese periódico de ayer, en vez de leer el de esta tarde, ya podrías sacar la cuenta del tonel de dinero que te van a costar tus ínfulas de profeta.

Vuelve a sentarse para leer el periódico vespertino cerca de la lámpara.

Más de mil invitados nacionales y extranjeros, cuatro quintales de caviar, sesenta bueyes artificiales importados del Japón, toda la producción nacional de pavos, y alcoholes suficientes para resolver la penuria de la vivienda popular. (*Se interrumpe al darse cuenta de que no es una información rigurosa.*) Es una noticia de mala ley, pero no demasiado exagerada. (*Continúa leyendo a saltos*): Los turistas protestan porque en los hoteles sólo hay lugar para quienes muestren nuestra tarjeta de invitación. Las rosas rojas, que se habían acabado hace tres días, reaparecieron esta mañana diez veces más caras. Las autoridades previenen a la población contra toda clase de delincuentes comunes, políticos y oficiales, que están llegando desde el lunes, atraídos por un falso anuncio de que habrá festividades públicas. Hay más de setenta detenidos.

Lee un poco más, y tira lejos el periódico:

¡Este país se acabó!

(*Animándose.*) Así que vendrán todos, hasta mis hombres de letras, que se han rebajado a vestirse de pingüinos sólo por escoltarme en mi noche de gloria. Y vendrá ella, por supuesto, ella primero que todos. ¿Qué creías? ¿Que me iba a someter a la humillación de no invitarla? ¡Ja, ja! Si nos ha hecho el honor en otros tantos aniversarios, infaustos o gloriosos, no veo por qué no iba a estar en el más memorable de todos: el último.

La interrumpen las campanas de una iglesia distante llamando a misa. Hace un silencio para sobreponerse, pero no puede evitar el zarpazo de la emoción.

¡Ahí está, Dios mío: ya va a amanecer! Miércoles tres de agosto de 1978. ¡Quién nos iba a decir que veinticinco años después de casados iba a haber todavía un tres de agosto!

Un día como hoy, a esta hora, salimos de la ermita de San Julián el Hospitalario. Tú con la camisa hecha con sacos de harina, que todavía tenía el haz de espigas y la marca de fábrica impresos en la espalda, y yo con un balandrán de novicia que me prestó una amiga dos veces más ancha para que se notara menos mi estado. De todos modos, oí que alguien dijo al pasar: «Si se demoran un poco más, el niño hubiera podido ser el padrino».

¡Fue muy raro! El cielo malva con las primeras luces estaba lleno de pájaros negros que graznaban volando en círculos sobre nuestras cabezas. Dijiste, aunque ahora lo niegas, que Julio César no se hubiera casado jamás bajo un auspicio tan aciago, pero tú sí. Y lo raro es que lograste conjurarlo. ¿Cómo decirlo? (*Confusa*): Lograste hacerme feliz sin serlo: feliz sin amor. Difícil de entender, pero no importa: yo me entiendo.

Por primera vez mira al marido haciendo girar la cabeza con un movimiento casi imperceptible.

(*Irónica*): ¿Qué esperas, que me precipite en tus brazos para agradecerte lo que has hecho por mí? ¿Que te rinda el tributo de mi gratitud eterna por haberme cubierto de oro y de gloria?

Hace una seña procaz con el puño cerrado.

¡Mira!

Enciende otro cigarrillo para calmarse, mientras:

En el primer plano del escenario aparece un óvalo luminoso: el espejo del tocador.

Graciela se sienta de cara al público en el taburete del tocador con el rostro enmarcado dentro del óvalo de luz. Luego de un instante de reflexión, suspira:

(*Nostálgica*): ¡Se nos fue la vida, carajo!

Se estira la piel de la cara con las dos manos, y evoca con tristeza cómo era veinticinco años antes. Se levanta los senos: así eran. Le dirige a su imagen una frase sin voz, pero tan bien articulada que podría entenderse por el movimiento de los labios.

Se acerca al espejo para escuchar la respuesta inaudible de la imagen, vuelve a mirar al marido para asegurarse de que no la está oyendo, y dice al espejo otra frase sin voz. Quiere sonreír pero no puede: sus ojos están anegados de lágrimas.

Trata de secarse los párpados con los dedos, pero se embadurna la cara con el maquillaje. No puede soportarlo, y reacciona con rabia:

¡Carajo!

Empieza a quitarse el maquillaje ante el espejo, al principio con la furia por haber llorado, y después en un proceso lento y reflexivo, mientras continúa hablando, pero ahora no con el marido sino con su propia imagen.

Si no fuera por los amaneceres, seríamos jóvenes toda la vida. Es cierto: uno envejece al amanecer. Los atardeceres son deprimentes, pero lo preparan a uno para la aventura de cada noche (como dirían mis hombres de letras). Los amaneceres no. En las fiestas, desde que siento el silencio de la madrugada, me empieza un reconcomio que no se me sosiega en el cuerpo. ¡Hay que irse!, de prisa, con los ojos cerrados para no ver las últimas estrellas. Porque si el día nos sorprende en la calle con la ropa de fiesta nos echa encima un chaparrón de años que no volvemos a quitarnos jamás. Por lo mismo no me gustan las fotografías: uno las vuelve a ver el año siguiente, y ya parecen sacadas del baúl de los abuelos.

Sigue desmaquillándose.

Yo tenía ¿cuántos?, casi treinta años, que por aquellos tiempos eran muchos, demasiados. Los niños decían: una viejita como de treinta años. Pues treinta años tenía la primera vez que fuimos en el tren nocturno de Ginebra a Roma. Cenamos con velas, jugamos a las barajas con unos recién casados suizos que tenían urgencia de perder para irse a la cama, y desperté feliz a las seis, loca por conocer los prodigios del agua de la Villa d'Este. De pronto tuve la mala suerte de mirarme en el espejo. ¡Qué horror! Por lo menos cinco años más. No valen mascarillas de pepino, ni cataplasmas de placenta, nada, porque no es una vejez de la piel, sino algo irreparable que le sucede a una en el alma. ¡Mierda!

Lástima, porque el tren es el único modo humano de viajar. El avión se parece a un milagro, pero va tan rápido que una llega con el cuerpo solo, y anda dos o tres días como una sonámbula, hasta que llega el alma atrasada.

Se interrumpe, mira al marido, como si hubiera oído su voz, y le dice con desprecio, articulando muy bien las sílabas.

No-es-to-y-ha-blan-do-con-ti-go.

Luego advierte, como si lo viera a través de una ventana, que ha empezado el amanecer.

¡Qué maravilla: ahí está! Ni sombra de lo que eran nuestros amaneceres de pobres, por supuesto. Pero sea como sea, aun desde aquí, también éste vale cinco años de vida.

(*Vuelve en sí.*) Hasta con un marido embalsamado detrás del periódico.

Sigue contemplando el amanecer un largo instante, fascinada, consciente de sacrificar cinco años de su vida por el prodigio, mientras el día va iluminando el escenario. Al fin suspira:

(*Nostálgica*): ¡Qué felices éramos, Dios mío!

(*Al marido*): Si por algo te tienen que condenar en el Juicio Final es por haber tenido el amor en casa y no haber sabido reconocerlo. Daría muchos amaneceres como éste por estar todavía en la casita perdularia de la marisma, respirando aquel olor de pescado frito bien freído y oyendo la gritería de las negras que hacían el amor a medio día con las puertas despernancadas. Durmiendo los dos en la misma hamaca y con espacio de sobra para otros dos, con una hornilla de carbón que casi era mejor no tenerla por falta de uso, y un excusado que se desbordaba en eruptos pestilentes con el mar de leva.

El óvalo de luz se apaga, y la sala va a transformarse en una habitación pobre de una barriada del Caribe, con muy escasos muebles, rústicos y maltrechos, que la propia Graciela irá poniendo en su lugar mientras habla, y una hamaca grande de colores vivos que colgará en su momento. Al fondo hay una ventana abierta hacia el mar deslumbrante.

Hay varios alambres para secar ropa, pero sólo están colgadas dos camisas de hombre. Lo único que permanece igual es el marido oculto detrás del periódico.

Cuando Graciela se levanta del tocador vemos que está encinta de unos seis meses. Sin maquillaje, en combinación y con un trapo amarrado en la cabeza, ha recuperado el aspecto juvenil y pobre de los primeros tiempos del amor.

Ganas me dan de romperme la cabeza contra las paredes, nada más de pensar que mi madre será la única que no vendrá esta noche. La primera que merecía estar. Aunque sólo fuera por haberme advertido a tiempo que la felicidad del olvido es la única que no se paga.

Otra habría sido mi suerte si hubiera heredado su virtud de ver las cosas antes que sucedieran, como si la vida fuera de vidrio. Sobre todo la tuya. Sabíamos que eras un renegado de los Jaraiz de la Vera, que te habías limpiado con los pergaminos de tus abuelos y habías mandado a volar los oropeles de esta mansión y la corona de oro de tus apellidos, y eso nos hubiera bastado a todos para abrirte el alma. Sólo mi madre no se engañó. Desde que te señalé de lejos en la verbena de San Lázaro, con tus rizos dorados de Ángel de la Guarda, casi antes de saber a ciencia cierta cuál eras tú entre la pelotera de inválidos, me previno: «Ese muchacho tiene dos caras: la que nos muestra a nosotras, que ya no es buena, y la otra, que debe ser peor».

Lleva un canasto de ropa húmeda
y cuelga unas pocas piezas en los
alambres.

No tenía nada, pero renuncié a todo por ti. (*Se encoge de hombros.*) Bueno: yo me entiendo. Claro que nunca lo valoraste como una inmolación. ¡Qué va! Ni te enteraste siquiera. ¿Sabes por qué? Porque toda tu vida has sido inferior a tu propia suerte. En cambio yo no tengo quien me cargue la cruz, porque yo misma me serví mi láudano con cucharitas de oro.

Bastó que mi madre me dijera que no eras el hombre de mi vida para que me desbaratara por ti. La gente decía que era el capricho natural en una pobre criatura del barrio de Las Brisas, la pobre yo de entonces, ya muy bien hecha a los diecinueve años, claro, pero hablando como si arrastrara los pies (*se imita*): *Otilia lava la tina, el bobo bota la bola, el adivino se dedica a la bebida*. Claro que en cierto modo eras un precursor de la moda de hoy con el pelo hasta aquí (*lo indica hasta el cuello*) y una barba que siempre parecía de tres días, y unas sandalias de peregrino con los dedos por fuera. Y macrobiótico antes de tiempo: nada de alcohol, nada de humo, nada de comer que no estuviera sembrado en el jardín. Machista, eso sí, como todos los hombres y casi todas las mujeres, y con un talento privilegiado para demostrar lo mal hecho que estaba el mundo. ¡Con las mismas razones cínicas con que ahora proclamas próceres a los estadistas de pacotilla que están acabando con este país!

Si me emperré contigo desde el principio fue sólo por contrariar a mi madre, que se había destroncado los riñones trabajando como una mula, primero para hacerme bachiller de letras con las monjas de los ricos, y después doctora en la Universidad, doctora en cualquier cosa, con tal que lo fuera. Todavía cuando tú me conociste seguía glorificando mis gracias en los mercados como si me hubiera parido para vender.

Abre una mesa de planchar, arrima un fogón para calentar las planchas, y empieza a planchar una de las camisas secas de los alambres.

Antes de acostarme me quitaba todo cuanto llevaba puesto para que no me escapara a encontrarme contigo, todo, salvo la cadenita con la Virgen de los Remedios que me libraba de todo mal (menos de ti, por si acaso), me dejaba igual que me parió, íngrima y sin afeitar por ninguna parte, como se usaba entonces. Lo único que no se le había ocurrido fue lo que se me ocurrió: que una noche me tiré por la ventana en el agua muerta de la bahía, tal como estaba, y me fui a buscarte nadando por debajo del agua. ¡Qué maravilla!, sin nada de ajustadores con el broche por detrás, nada de refajos de castidad, nada de calzoncitos de madapolán con la jareta enredada, nada de nada, sino lista de una vez para ti, nuevecita, revolcándome en el lodo podrido como una perra de la calle.

Quedamos parejos: tú repudiado por tus padres y yo por los míos. Pero felices por lo que no teníamos. Al revés de ahora, que nos sobra de todo menos el amor.

En el cuarto vecino empieza a oírse una melodía nostálgica, tocada en saxo con titubeos de aprendiz. Es la melodía de una canción muy bella, que debe ser creada expresamente para esta obra dentro del espíritu y el gusto de la época.

Graciela interrumpe el monólogo, e imita el saxo con la voz, y luego empieza a cantar la canción en volumen muy bajo, como tratando de recordar la letra. Al final la canta completa y bien, como una profesional.

Mientras dura la canción, cierra la mesita de la plancha, descuelga la hamaca, y transforma el escenario de sus tiempos de pobre en el de la época actual.

Al final de la canción es otra vez pleno día en la sala del principio.

Bueno: a mí no me importaba ser pobre. Al contrario, ojalá estuviera todavía por allá, huérfana y gaga, pero arrullada por los ejercicios de saxofón de Amalia Florida, a quien Dios tenga en su santo reino. La pobre Amalia que consagró su vida a aprenderse una sola pieza en el saxofón, siempre la misma. (*Repite con voz de saxo los primeros compases de la canción que acaba de cantar. Ríe feliz*): A veces no resistía más, y le gritaba: (*Grita*): «¡Amalia, por Dios, deja ese cobre!». Y ella, muy seria, me gritaba: (*Grita*): «No seas bruta, niña. El saxo no es un cobre». Y seguía ensayando de día y de noche la misma canción.

Lo cierto es que la felicidad no es como dicen, que sólo dura un instante y no se sabe que se tuvo sino cuando ya se acabó. La verdad es que dura mientras dure el amor, porque con amor hasta morirse es bueno.

Enciende un cigarrillo.

Y todavía tienes el descaro de decirme que la vejez me está volviendo celosa. ¡Figúrate! Sólo Dios sabe por las que he pasado para no prestar oídos a los chismes de tus aventuras. Que el día que viniste moribundo a las cinco de la mañana no fue porque trataron de secuestrarte (como lo hiciste publicar por los periódicos), sino que te quedaste encerrado toda la noche con una menor de edad en una casa ajena, y tú mismo te hiciste trizas la ropa y te parchaste la cara de moretones para que te creyeran el cuento. Que otra vez fue verdad que te asaltaron cuando estabas en el auto con Rosa San Román, ¡qué horror!, con Santa Rosita San Román, nada menos, y no sólo los dejaron a ambos en el cuero pelado, sino que pagaste no sé cuánto para que no te violaran delante de ella. Tal vez por eso me da tanta risa cuando me mandan cartas anónimas. Porque sólo cuentan las perrerías en las que te va mal, y en las que te va bien sólo las cuentas tú, y nadie te las cree.

A mí me tienen sin cuidado, porque siempre he cumplido lo que te dije cuando nos casamos: no me importa con quién te acuestes por ahí, a condición de que no sea siempre la misma. Pero no me vendrás ahora con que ella es una distinta cada vez, si por poco no está cumpliendo contigo las mismas bodas de plata que cumplimos nosotros. Más de los años que tiene de casada con el chiflamicas de su marido, de quien se dice que va a la peluquería una vez por semana para que le serruchen la cornamenta, y se precia en sociedad de que sus hijos tengan los mismos párpados árabes de los Jaraiz de la Vera. Todos, menos la niña menor, con esa pelambre de negra brava que nadie sabe de dónde le viene, lo cual me hace pensar (a Dios gracias), que ya te dieron a tomar una sopa de tu propio chocolate.

Deslizan el periódico del día por debajo de la puerta. Ella lo recoge y lo pone cerca del marido.

(*Irónica*): Ahí tienes el de hoy, para que le des a ése su merecido descanso, que ya debe estar borrado de tanto leerlo.

Se supone que la interrumpe una voz ***inaudible*** *en la puerta. Escucha con atención, y luego imparte instrucciones terminantes para la fiesta:*

Nada de eso, díle a Gaspar que procedan como acordamos en el ensayo del sábado, y que cualquier otra novedad de última hora la resuelva él con su criterio ¿De acuerdo?

Pausa para escuchar.

Sí. Y por favor, que no me molesten más. Y al señor tampoco. Ni por teléfono. Digan que no saben dónde fuimos. Vamos a estar ocupados aquí hasta quién sabe cuándo. (*Falsa sonrisa.*)

Gracias, Brígida.

Reflexiona:

¡Qué bruta soy! Las revistas de comadres van a publicar que hemos pasado todo el día celebrando las bodas de plata en la cama. (*Se encoge de hombros.*) ¡Me importa un culo, mientras no sea verdad! ¿Qué estaba diciendo?

Ya fuera del personaje, pregunta al público:

¿Alguien recuerda qué estaba diciendo?

Las respuestas del público le permiten recuperar el hilo del monólogo, pero antes les dice a quienes la ayudaron a recordar:

Mil gracias, pero al fin y al cabo es mi marido, y este pleito es sólo de él y mío, y nadie tiene que meterse. ¿Perdonen, eh?

Se sirve un trago. Toma un poco. Al cabo de una reflexión se dirige al marido:

Bueno: pero ahora todo eso es agua pasada. ¡Se acabó! Tu mamá de repuesto, la que te calentaba las medias antes de dormir para que no te fueras a morir por los pies, la que te cortaba las uñas con tijeritas de bordar, la que te echaba talco boricado en las entrepiernas para que no se te enconaran las escaldaduras de cuanta coya de guardarraya te llevabas a tus trapiches, la que soportaba con tanta devoción tus vómitos de borracho y tus pedos de amanecido debajo de la manta, ésa resolvió lo que tenía que haber resuelto desde el primer día: ¡me voy para el carajo!

Acaba de tomarse el trago.

Por si no lo sabes, el 3 de agosto cumplimos dos años de no hacer el amor. El anterior, cuando se cumplió el primer año, llamaste por teléfono desde Los Ángeles sin ningún motivo, y yo lo entendí como un gesto de aniversario. Pero este año estabas aquí, leíste hasta muy tarde en la cama, y yo me quedé hojeando revistas viejas, sin leer, pendiente de alguna señal. ¡Nada!

No pensaba seducirte, claro, pero me hacía falta hablarlo. Sigue haciéndome falta. Que al cabo de dos años de penitencia me reconozcas al menos el derecho a estar resentida porque en la loquera de la cama me llamaste con el nombre de otra. (Que por cierto no era el de ella, ni recuerdo cuál.) Sé muy bien que todo el mundo tiene otro en quién pensar en ese momento. ¿Quién no? Yo misma lo tengo, a pesar de que nunca te hice el honor de coronarte. Pero siempre te he querido demasiado para equivocarme de nombre.

Sigo creyendo que lo razonable era conversarlo la misma noche que sucedió. Pero no, en esta casa no se habla de problemas de la cintura para abajo. Son materia prohibida. Así que te dormiste contra la pared y me castigaste con la abstinencia. Hasta hoy. Dos años y dieciocho días. Pero hoy paro de contar. ¡Se acabó!

Cambio.

Puestos a decir verdades, siempre temí de ti una reacción tan primitiva. Desde que vine por primera vez a esta casa. (*Breve reflexión.*) Bueno, ya está dicho. El caso es que tu madre me llamó sin que tú lo supieras, poco después de que nació tu hijo. Al principio me pareció una deslealtad, pero después pensé que quizás fuera bueno para ti y que al final sería mejor para el niño, y eso me dio ánimos para venir. Es difícil imaginarse ahora cuánto valor hacía falta para entrar en esta casa caminando por las orillas porque creía que las alfombras no se podían pisar, creyendo que la bóveda del vestíbulo era en verdad de oro, que los frisos y los capiteles eran de oro, que todo lo dorado era de oro. El coraje que necesité para entenderme con ella, si siempre me la habías pintado como una sargenta mayor que sólo obedecía a sus propias leyes.

El escenario se oscurecerá cuando ella empiece a evocar a la suegra. Sólo quedará una órbita de luz muy intensa donde veremos a la anciana aristócrata en el mecedor vienés, tal como Graciela la irá describiendo, con el abanico de avestruz, sirviendo el té, etc., pero con leves toques de irrealidad y, por supuesto, en un plano distinto.

Hasta en la sepultura voy a seguir viéndola como aquella tarde entre las astromelias de la terraza: más empolvada que una japonesa en el mecedor de mimbre, vestida de hilo blanco con el collar de perlas de seis vueltas, y con el abanico de plumas de avestruz que todavía les prestamos todos los años a las reinas de la belleza. Lo primero que hizo la muy atrevida fue decirme que mi defecto de dicción no era por fatalidad sino por desidia. Me preguntó si quería una taza de té, y le dije que no, figúrate, si lo único que yo sabía del té era que mi madre me lo recetaba de niña para bajar la fiebre. Pero ella me lo sirvió de todos modos. «Ay, hija mía», me dijo. «Te falta mucho por aprender.» Me sorprendió que era más joven de lo que una podía imaginarse a la abuela de su hijo, derecha y lánguida, y muy bella, además, con aquellas pestañas de medio sueño que podían abanicarla mejor que el abanico. Me encantaron sus manos melancólicas, como de parafina, que querían hablar solas: idénticas a las tuyas. Pero me asustó la fuerza de su determinación.

Nunca había conocido un lugar tan callado. Había un canario en alguna parte, y cada vez que cantaba se movían las flores. De pronto, mientras hablábamos, oímos una tos desgarrada de alguien que se ahogaba dentro de la casa, y el silencio se hizo tan hondo que el mar se paró, se paró la tarde, se paró el mundo, todo, y yo sentí que no había aire para respirar. Tu madre se quedó con la taza suspendida con la punta de los dedos hasta que pasó la tos, y dijo muy despacio (*confidencial*): «Es él». Más tarde, cuando salía de la casa, alguien abrió una ventana por equivocación, y lo vi sin querer. Era un fantasma acostado, escuálido y amarillo, sin un solo pelo en el cráneo, sin un diente en la boca, y con unos ojos inmensos que ya no eran de este mundo. Pero aun en aquel estado se le notaba tanto el peso de su autoridad, que le hubiera bastado una sola palabra para aniquilarte.

Tu madre estaba segura de que no pasaría de ese fin de semana. Por eso me llamó. Me habló de ti, hijo único, del nieto destinado a ser también el único en una familia que parece condenada a tener un solo hijo en cada generación, hasta que nazca una mujer sola y se extinga el apellido.

Estaba resuelta a todo, a legitimar nuestro matrimonio, a falsificar las pruebas de mi origen, a entregarnos de una vez el vasto patrimonio familiar y esta estación de trenes con todo lo que tenía dentro, con la única condición de que vinieras a suplicar el perdón oficial de tu padre moribundo. Yo me estaba reventando por decirle: ja, ja.

Pero me conformé con contestarle que te conocía tanto, tanto, que te lo iba a pedir sólo por complacerla a ella, aunque estaba segura de que no vendrías. Ni muerto. Entonces ella me dijo con una seguridad que me dio rabia: «Ay, hija, estás todavía demasiado verde para conocer a un hombre». Yo le insistí: «No vendrá, señora, créamelo». Y ella insistió: «Vendrá, ya lo verás».

Enciende un cigarrillo.

Bueno, pues sí: viniste.

Y no fue por mí. Es verdad que te puse la cantaleta una noche entera para que asistieras al entierro, segura de que no vendrías de ningún modo. Y hasta sería capaz de pensar ahora que hice lo correcto, de no haber sido por la mala suerte de que viniste uno y regresaste otro. ¡Qué horror! Te bastó un solo entierro de cruz alta para olvidar el hambre, las humillaciones, tu pleito con el mundo. Te trasquilaron los bucles de ángel, te afeitaron a navaja, te peinaron para bailar el tango, con gomina y la raya en el medio, y te pusieron un vestido de paño inglés, con chaleco y leontina, y el anillo con el escudo de la familia que no te volviste a quitar. Y peor aún: de no haber sido por mí hubieras aceptado que te llamaran el marqués, como a tu padre y a tu abuelo, aunque ya nadie sabe a ciencia cierta si el señorío existió de veras alguna vez. ¡Qué vergüenza! Volviste idéntico a todos, o como dices ahora con toda la boca: idéntico a tu bisabuelo el marqués. Hasta en su estreñimiento de cemento armado, tú, que nunca habías tenido problemas por ahí, sino todo lo contrario: ¡un pato!

¿Qué podía hacer yo, con mi amor de loca, sino empeñarme con todos mis méritos para hacerme digna de ti? Pues bien: aquí me tienes. En esta ciudad donde todo el mundo es doctor, yo soy la única cuatro veces doctora. Cuatro veces el sueño de mi madre. Además: francés en dos años, inglés en otros dos, muy mal, por cierto, pero tú mismo me dijiste que el idioma universal no es el inglés, sino el inglés mal hablado. Y dos maestrías: una en letras clásicas con una tesis sobre los celos en Catulo, y la mejor, *Summa Cum Laude* en retórica y elocuencia, después de corregirme la dicción con el método de Demóstenes, hablando en hexámetros técnicos hasta cuatro horas continuas con una piedra dentro de la boca (*Se mete el índice en la boca, y dice*): ¿*Quis, quid, ubi, quibus auxiliis, cur, quomodo, quando*?

Por mudarme en esta casa perdí la confianza de mis amigas de escuela, las únicas que tenía, y nunca tuve por completo la de tus amigas de aquí. Terminé en una ultratumba de mujeres solas, cuya única afinidad conmigo es no saber a ciencia cierta dónde están los maridos. Pero era feliz porque no encontraba nada que desear. Me iba sin ti a los conciertos, al cine, a los bazares de caridad. Me refugié en la tertulia de mis hombres de letras que me consagran en sus versos sin la humillación de desearme en la cama. Figúrate. Lo que tuve que cambiar para no ser menos. Tú lo resolviste fácil diciendo entre chanza y de veras que me había tomado en serio el marquesado, que cambié tu amor por el de tu hijo, que la cama ya no me interesaba sino para dormir, o peor aún, para hacerme la dormida, que siempre estaba con el semáforo en rojo, como tú dices, que me demoraba en el baño hasta que te tumbaba el sueño, qué sé yo, cuando la verdad es que siempre volvías de la calle con la planta apagada. Total: que entre las verdes y las maduras el tiempo se nos fue sin darnos cuenta: ¡zas! Veinte años.

De aquí en adelante, quizás hasta la tormenta de nieve, Graciela hará una completa exhibición de modas mientras trata de decidir qué ropa se pondrá para la fiesta. La cantidad, la duración y el modo de los cambios frente a un espejo imaginario los decidirá el director de acuerdo con su criterio, y sin preocuparse de que sean ropas para una fiesta. Deben ser de épocas y estilos variados, al margen de los tiempos del drama, y más bien de acuerdo con la conveniencia dramática o con el estado de ánimo de Graciela.

Ahora tienes la desvergüenza de decir que la culpa es mía porque me puse a aprender latín. ¡Qué va! La culpa es mía, por supuesto, pero no por ningún latín ni por ningún niño envuelto, sino por no ponerte a ti en tu lugar desde el principio. ¿Sabes quién fue la primera que me lo reprochó? Tu madre. Una tarde, sin ocurrírsele siquiera que yo no lo sabía, me dijo: «Lo que no me explico es que hayas sido tan débil de permitirle esa barragana de vodevil». No quise darle el gusto de la razón. Así que le pregunté: «¿A usted le consta?» Ella me contestó crispada: «Claro que no, esas cosas no le constan a nadie». «Pues no creo que sea cierto», le dije yo. «Y aunque lo fuera, mi deber es creerle más a mi marido que a la gente.» Entonces ella me sonrió por primera vez con un poco de afecto, y me dijo: «Ten cuidado, hija, estás confundiendo el orgullo con la dignidad, y eso suele ser funesto en estos asuntos».

Yo conocía esos ruidos desde mucho antes. En realidad, desde que vi a tu querida por primera vez en el Mesón de don Sancho tuve la corazonada de que algo había pasado entre ustedes, o algo estaba pasando, o iba a pasar. ¿Creías que no me acordaba? Pues sí: fue después del concierto de Rubinstein en el Teatro de las Bellas Artes. Nos la presentó Guillén Pedraza (o al menos me hizo la pantomima) y yo te dije al oído, para que no oyeran los otros de la mesa: «Tiene una cara de puta que no puede con ella». ¿Qué tal el ojo clínico? El viejo Ruby, con casi ochenta años y después de todos los nocturnos de Chopin con once bises, bebió de cuatro botellas de champaña a las dos de la madrugada, y se comió una tortilla de chorizos con pimientos y cebolla, de este tamaño. (*Lo indica con las manos.*) Estuvo encantador con sus cuentos polacos, como siempre, pero tú ni cuenta te diste, porque no tenías silla para tus nalgas tratando de mirar para atrás. Era tan incómodo verte, que te dije: «Tate tranquilo que ya se fue». No estallaste, claro, porque siempre tienes la pólvora mojada, pero tu cuello de gallo fino te palpitaba de rabia: señal de que te había dado en la mera médula. ¿Voy bien?

Espera la respuesta que no llega.

Fue de pura chiripa. Porque yo no sabía ni tenía por qué saber quién era ella, ni que se hacía agua por la popa con todo el que le conseguía papeles de caridad en los teatros de huérfanos. Buena actriz, eso sí, ni quien lo niegue. Pero de eso a ser dueña y señora de esta casa, ja, ja. No más quisiera ver la cagantina de cuaresma que te va a dar cuando tengas que apretarte la cincha para honrarla con tu nombre. La nueva señora de Jaraiz de la Vera, ¡figúrate!, tremendos apellidos para una dentadura de veinticuatro quilates que se ríe sola y cuando quiere, con aquella tetamenta que no hay sostenes que la sostengan, y elegante como un andamio, con las ropas usadas que le he dispensado en vez de tirarlas a la basura, sólo que aumentadas con alforzas de a cuarta y media para que no se las reviente el nalgatorio.

Lo demás, que le diste al marido una dote en oro de ley para que se casara con ella, que le pasas un sueldo de capataz de tus trapiches para que sostenga la farsa, para que sea el papá de tus hijos, ¡qué va! todo eso es puro folclor local. Si lo sabré yo, que oigo decir lo mismo de mí porque era yo y no tú quien la llevaba a nuestra mesa después del teatro (siempre con un hombre distinto, claro), y fui yo y no tú quien se atrevió a invitarla a esta casa por primera vez, y fui yo y no tú quien le hizo el matrimonio, y quien le completó la boda con dinero en rama. Bueno pues: me equivoqué. Creí que era una manera inteligente de tocarle la conciencia, y resultó que la tiene igual que la tuya (*golpea algo duro con los nudillos*): hierro macizo.

Entra en el baño sin interrumpir el monólogo que seguimos oyendo desde bastidores.

Durante años me aguanté los papelitos anónimos que me metían por debajo de las puertas o en el parabrisas del automóvil, me hice la loca con las indiscreciones malvadas, con las indirectas en las visitas, con la llamada fantasma que me hicieron una madrugada para decirme la dirección precisa de dónde estabas con ella. En cambio, confieso que la primera prueba terminante que tuve me tomó de sorpresa, el domingo que la invitamos a almorzar en los trapiches, hace menos de dos años. Desde la primera vez que fui, hace no sé cuántos, me había jurado no volver jamás: no soporto los fermentos del guarapo ni el zumbido de los moscardones azules, y mucho menos el servilismo que les permites a tus peones para que te trabajen por la comida y los lleven a votar amarrados. Pero una vez más me convenciste con tus artes de ilusionista, y ahora sé por qué: fue una orden del destino.

Se oye el ruido del agua en el inodoro, y ella reaparece un instante después.

¡Tuvo que ser! Porque desde que llegamos a los trapiches, en medio de la bullaranga de los peones y el tropel de la molienda, tuvieron que quitarme los perros de encima para que no me despedazaran, porque nunca me habían visto, y en cambio a ella le hicieron la fiesta grande, le lamían las manos, se le metieron por entre las piernas con las colas alborotadas, hasta que al fin tuvieron que encadenarlos para que no la volvieran loca de amor.

(*Con toda la ironía*): Y aun así me quedaron dudas. ¿Sabes? Porque cuesta trabajo admitir que alguien tenga una amante más fea que la esposa.

Furiosa de pronto:

¿Qué querías? ¿Que me rebajara a seguirte por las calles? ¿Que te hiciera vigilar por mis hombres de letras? ¿Que te pusiera una cantaleta de cotorra mojada, yo, que si algo detesto en este mundo es a las mujeres cantaleteras que sacan de quicio a los maridos con su habladera de días enteros y noches completas? ¡Qué va! Eso es lo que todos los hombres quisieran, todos, sin excepción. Les encanta que los celen. Si el obispo los saluda y les deja la mano perfumada de Maderas de Oriente, llegan radiantes a la casa y le ponen a una la palma en la nariz, huele, y no dicen nada más, para que una se imagine lo peor y haga el ridículo con un escándalo sin causa.

En el fondo del escenario se oye el saxofón triste de Amalia Florida. Primero muy bajo, pero creciente, y luego tan intenso que interfiere la voz.

Les encanta dejar en los bolsillos números de teléfonos escritos al revés, sin ningún nombre, para que las esposas los encuentren cuando mandan a lavar la ropa.

Exasperada por el saxo, grita fuera de sí:

¡Carajo! ¡Déjame hablar!

El saxo se interrumpe en seco. Graciela habla hacia la habitación del fondo:

Déjame hablar, Amalia Florida. ¿O es que no te vas a resignar nunca a descansar en paz?

Hace una pausa, oyendo la respuesta ***inaudible*** *de Amalia Florida, y replica:*

¿Que cante otra vez? Ni hablar: esto no es un boliche.

Escucha otra réplica de la vecina, y reacciona indignada:

(*Al público*): ¿Han visto qué fresca? Que no hable tan alto porque le estorba para ensayar. (*A la vecina*): No: Amalia Florida. Ésta no ha sido nunca tu casa, y desde mañana tampoco será la mía. Así que lárgate al carajo y déjame conversar en paz con mi marido.

Comprueba, al cabo de un silencio, que la música no va a continuar, y suspira con sincera compasión:

¡Pobre huérfana!

Reanuda el monólogo:

Te encantan los misterios, siempre que sean inventados por ti, claro. Pero si son reales no sabes dónde poner el cuerpo. Entonces entras en la casa como un fugitivo y vas derecho al baño a echarte tu loción personal para que no se te note la que traes de la calle, no tienes un minuto de paz, comes en las nubes, tiemblas cada vez que suena el teléfono. Y no solo tú: todos los hombres. Si un día la encuentran a una con la trompa en ristre por cualquier motivo, porque algo nos despertó antes de tiempo, o porque también nosotras tenemos nuestro secreto guardado, ¿por qué no?, entonces basta con que una los mire directo a los ojos para que se mueran de terror.

Mira al marido:

¡Gallinas!

Nunca aprendiste que cuando una mujer amanece callada no hay que mirarla siquiera. Tú haces lo contrario: te asustas tanto que te vuelves más amable que nunca. En cambio, nada los vuelve tan valientes como los celos. Porque el colmo del descaro es ése, que no hay nadie más celoso que un marido infiel. Figúrate. Se pasan la tarde con la otra, y vuelven a la casa enloquecidos por saber con quién hablábamos por teléfono en tantas horas que estuvo ocupado. Y tú más que nadie. Imagínate, tú, que nunca te he preguntado dónde estabas, ni para dónde vas, ni a qué hora vuelves, sino que te vas sin decir ni aquí voy, y en cambio regresas de tus gatuperios haciendo preguntas con emboscadas, diciendo mentiras para sacar verdades, y tratando de enterarte de paso dónde voy a almorzar, con quién, a qué hora, para saber adónde puedes ir con ella sin tropezarte conmigo.

Había que ver la temblorina de paludismo que te dio cuando oíste decir que había hecho el amor con seis de mis hombres de letras al mismo tiempo. ¡Yo, amaestrada por mi esposo amantísimo en las delicias de la castidad! Había que sentirte el resplandor de la fiebre cuando te metieron en la cabeza que me había acostado con el Nano. ¡Qué horror! Todos los recursos de la inteligencia humana puestos al servicio del ridículo.

Piensa un rato, sonríe con malicia,
y reanuda en otro tono.

¿Quieres saber la verdad? Fue peor de lo que te contaron, peor aun que tus fantasmas dementes.

Pausa larga.

Pues bien:

¡No-me-acosté-con-él!

No porque me faltaran disposición y ánimos, sino porque también él resultó igual que todos: ¡gallina!

El error fue mío desde el principio, pero no tengo de qué arrepentirme. Si tuviera que hacerlo otra vez, lo haría. Fue por la época en que estábamos por esta cruz y aquel cuadro (como decía mi madre), de verdad en las últimas, y un día en que no nos amaneció ni para la leche del niño me puse mi vestido de florecitas rosadas, y me fui a ver al Nano sin conocerlo siquiera, sin pedirle audiencia. Desde que entré en las oficinas me embadurnó de pies a cabeza con una mirada de manteca de cerdo que me dejó en pelotas. ¡Qué tipo! Bueno, pensé yo, esto empieza bien. Así que le solté toda la jitanjáfora, y al final le dije sin más vueltas que tuviera el coraje de darte un empleo.

Nunca en mi vida había visto ni creo que vuelva a ver un hombre tan bruto. Me contestó de frente que por una mujer como yo era capaz de comerse un cocodrilo (¡como si hubiera leído a Shakespeare!), y me propuso que volviera el martes siguiente después de las horas de oficina, sola y por el ascensor de servicio, y que el miércoles por la mañana tendrías tu empleo, así tuviera que matarse a plomo con tu padre. Me dio toda clase de raciocinios. Que un hombre como tú entendía que el amor libre era un método civilizado de empujar el mundo. Que cuando eran muchachos tú y él y toda tu pandilla de niños relamidos de La Bella Mar se iban al Parque de los Suspiros en los automóviles de sus papás y se intercambiaban las novias barajadas en la oscuridad, y todos encantados, ellas y ustedes.

No le dejé decir más. El martes a las seis de la tarde subí por el ascensor de servicio, raspé tres veces el cristal de la puerta con el anillo, como él me había indicado, y me abrió él mismo. (*Ríe encantada.*)

¡Estaba cagado de terror!

Sólo faltó que se arrodillara para implorar mi perdón, que cómo se le había ocurrido semejante infamia, que al contrario: que ojalá Dios le hubiera dado una mujer igual a mí, capaz de arrastrarse hasta el patíbulo por ayudar a su esposo. Y después de muchas sinalefas y jeremías me dijo que por supuesto eso no quería decir que se arrepintiera de su palabra, pues al día siguiente tendrías tu empleo a la medida de tus méritos y con los honores de tus apellidos.

(*Sonríe.*) ¡Ay, Dios mío, lo que tuvo que oír el pobre huérfano! Hasta me asusté de que le fuera a dar una cataplexia cuando le dije que una cosa es ser hombre, y otra bien distinta es humillar a una mujer negándose a aceptarle la deshonra, después de hacerla ir hasta allá arrastrando el honor. Así que le dije, para acabar de rematarlo, que su deber era cumplir como hombre no sólo para pagar sino también para cobrar. (*Inicia un rápido striptease actuando lo que dice*): Y con las mismas me fui quitando mi vestido de florecitas, mis medias descosidas en el talón, mis sostenes de recién parida, y al pobre no se le ocurrió nada más que envolverme con el mantel de la mesa de juntas antes de que acabara de quedarme en los puros cueros. Ahora, ambos hacemos caras de abisinios cada vez que lo encuentro por ahí con medio cuerpo muerto, hecho un espantapájaros en la silla de ruedas, pero él sabe que yo sé que él sabe que yo sé, y no hay medicina para borrar los malos recuerdos. Pero aquella vez, hace ahora ¿cuántos? veintidós, veintitrés años, ¡qué gusto me dió! ¡Qué gusto, carajo!

De modo que fue así, y no hace cinco años, cuando viniste listo para la autopsia porque oíste el chisme atrasado y mal dicho.

Maliciosa:

En cambio, al que tenías que pegarle un tiro, en serio, es a Floro Morales. No por él, que es todo un príncipe, sino por mí.

Tu mismo te lo buscaste, en París, cuando me dijiste al descuido: «El que está aquí es el pobre Floro Morales, solo, sin nadie con quien salir». Yo trataba de adivinar qué era lo que buscabas sin decirlo de frente, y tú seguías sesgado: «Me encantaría invitarlo al concierto del sábado si no fuera porque tenemos esa cena en Bruselas con la gente de Rumpelmayer, ésos que tanto te aburren. Porque te aburren ¿cierto?, tanto como me parece que te aburre Bruselas». Claro que me aburrían, Bruselas y los hombres de Rumpelmayer, lo mismo que me aburres tú cuando quieres conseguir algo y no te atreves a decirlo, y como siempre me aburrirá cenar hablando otro idioma, con los dedos de los pies engarrotados por el miedo de hablarlo mal. Así que no tuve que hacer ningún sacrificio para llegar adonde tú querías, y te dije que te fueras solo a Bruselas. «Dí que me resfrié con este tiempo de ranas, y yo me voy al concierto con el pobre Floro, que bastantes invitaciones le debemos.» ¿Voy bien?

Bueno. Pues ahora lo veo claro: la que estaba en Bruselas era ella, viajando detrás de nosotros en el siguiente avión. Inventaste la cena para verla a ella, porque sabías que yo no volvería a Bruselas después de la primera vez, que fue horrible, y mucho menos a cenar con nadie en francés. De modo que me dejaste en brazos de Floro Morales con la fantasía de siempre: «Ya sabes que no hay ningún peligro: es del otro equipo». (*Burlona*): Ja, ja.

Era la primera vez que estábamos en París, y yo parecía una pava maneada, pendiente de imitar lo que tú hacías, o lo que hacían los otros, para que no se me notaran los resabios de la provincia. Pero con Floro Morales no sólo pasé un legítimo sábado de gloria, sino que le alcanzó para revelarme muchas cosas que me faltaban en ti, y que me cambiaron la vida.

No quiero ser injusta. Siempre reconocí que nadie me ha redimido mejor que tú. Ni mis cuatro doctorados y mis dos maestrías. Cuando nos mudamos para esta casa yo no sabía distinguir entre los ceniceros y las urnas funerarias. Y tú me ibas enseñando el mundo con una dulzura que sólo parecía posible por amor, aunque ahora sé que no era más que vanidad.

Y en música, ni hablar: me sacaste cruda de los acordeones vallenatos, de los merengues de Santo Domingo, de las plenas de Puerto Rico que tronaban en las noches de la marisma, y me diste a probar el veneno de Bach, de Beethoven, de Brahms, de Bartok, y claro, de los Beatles, las cinco bes sin las cuales ya no pude seguir viviendo. Me hiciste entender lo que dijo Debussy, que lo más difícil de tocar el piano es hacer olvidar que tiene martillos. O lo que dijo Stravinski, que Vivaldi compuso el mismo concierto quinientas veces.

Pero lo que Floro Morales me enseñó en una sola noche fue algo que me hacía falta para aprovechar mejor lo que me habías enseñado: que hay que desconfiar, por principio, de las cosas que nos hacen felices. Hay que aprender a reírse de ellas; si no, ellas terminarán riéndose de nosotros.

Ya sé qué estás pensando. Lo de siempre: que es un cursi. (*Se encoge de hombros*): ¡Bah! Yo también. (*Se ríe.*) ¿Sabes qué me dijo el muy bárbaro? Que Mozart no existe, porque cuando es malo parece Haydn y cuando es bueno parece Beethoven.

Todo eso, si quieres, son frivolidades de salón. Pero lo que nunca olvidaré es su manera de acompañarme. Me hacía sentir que todo lo que yo decía era lo más importante del mundo, me hacía sentir que cualquier cosa que yo hacía era una lección para él. Y sobre todo, no le tenía miedo a la ternura. A medida que pasaban las horas me convencía de lo fácil que hubiera sido la vida con él. Más fácil que contigo, sin duda, aunque quizás menos divertida.

Mientras lo cuenta se va haciendo de noche.

Fue una noche mágica. Tanto, que por un momento tuve miedo de que al día siguiente, cuando regresaras de Bruselas, me iba a sentir contigo en una isla desierta.

Cuando salimos de cenar después del concierto, las calles empezaban a cubrirse de una espuma luminosa. Tardé un instante en entender que estaba nevando, porque era la primera vez que lo veía.

Al fondo se enciende el perfil luminoso de París, y empieza a nevar en el escenario. Ella se pone un radiante abrigo de piel y un sombrero de los años veinte.

Él se quitó los zapatos, los amarró por los cordones y se los colgó del cuello. «Te va a dar una pulmonía», le dije. «Qué va», me dijo él «La nieve es caliente». Entonces hice lo mismo.

Se quita los zapatos, ya en plena tormenta de nieve.

¡Qué maravilla! (*Feliz.*) Nevaba sobre las cúpulas doradas, sobre los barcos iluminados que pasaban cantando bajo los puentes, nevaba para él y para mí en todo París, nevaba para los dos solos en el mundo entero.

Empieza a cantar ***«La Complainte de la Butte»****, acompañada por acor-*

deones al tiempo que la baila bajo la nieve, loca de felicidad, mientras se va quitando la ropa de invierno y se queda con su humilde vestido del principio.

La nevada se extiende hasta la platea. La música ocupa todo el ámbito del teatro.

Las cuerdas con la ropa tendida a secar aparecen bajo la nieve.

Cuando acaba de nevar, Graciela, vestida de pobre, se sienta exhausta en un banquito, bajo los alambres de ropa, y adopta un tono inconsolable. Es la cruda realidad.

Estábamos llegando al hotel, exhaustos de gozar la nieve, cuando se me ocurrió de pronto: me va a pedir que lo invite a subir a mi cuarto. Que le ofrezca un trago, que le muestre el álbum de fotos, qué sé yo, cualquier artimaña de ésas que inventan los hombres para subir a los cuartos. Y entonces pensé: éste debe ser distinto. No debe ser de los apresurados, no debe ser de los que le preguntan a una si le gustó y se voltean contra la pared y se duermen en seguida. ¡Qué va! Estoy segura de que no era igual a nadie. Además, desde temprano me dí cuenta de que no era del otro bando, que es lo que siempre dicen ustedes de los que son distintos. Al contrario: es todo un hombre. Tanto, que no me propuso subir al cuarto. Me despidió en la puerta con un par de besos cálidos en las mejillas, y nunca en mi vida me sentí tan sola como cuando se fue. A la mañana siguiente me subieron con el desayuno una canasta de rosas que no cabía por la puerta, y una tarjeta suya que sólo decía: *¡Qué lástima!* Entonces entendí lo que nunca había querido entender: que hay un momento de la vida en que una mujer casada puede acostarse con otro sin ser infiel.

Casi imperceptible, se inicia en el cuarto vecino el ejercicio de saxofón. El mismo de siempre. Graciela va emergiendo del estupor a medida que sube el volumen de la música. Suspira:

¡Ay, Amalia Florida, no hay como tú para castigarme siempre con la realidad!

El saxo se interrumpe en seco. Graciela se levanta decidida.

Pero ahora se acabó. ¡A la mierda el pasado!

Arranca a manotadas la ropa seca en los alambres, y la va tirando fuera del escenario. Se va haciendo de día. Por último tira el banquito, hasta que queda sólo el espacio actual, a pleno día, y con un gran retrato al óleo del primer marqués en el muro del fondo.

El marido continúa leyendo el periódico.

No quiero saber nada más de heráldicas inventadas, ni de falsos retratos de bisabuelos falsos pintados por falsos Velázquez, ni de carretadas de votos comprados para políticos matreros. Durante años me consolé con la ilusión de una casa de reposo frente al mar, para irme a vivir con mis hombres de letras lejos de tanto horror. Pero ahora no: sería un modo de continuar el pasado, y ya no quiero saber nada más de este mundo ni este tiempo, ni nada más de nadie que me permita recordarlos. Ni siquiera de mi hijo, que es el tuyo. ¿Me oíste? Y menos de él que de nadie.

Cambio.

El lunes lo llamé con el pretexto de preguntarle en qué avión llegaba, porque no resistía más las ansias de contarle mi estado. Había un mensaje en el contestador automático diciendo que estaba en otro número. Llamé ahí, a las siete de la mañana, y me contestó alguien que por la voz se conocía que era una rubia desnuda. Me dijo que sí, que tu hijo estaba durmiendo con ella, pero que había dado orden de no despertarlo hasta las nueve. Le dije que era de parte de su mamá, y me contestó de mala manera que no podía ser, porque tu hijo era huérfano de padre y madre.

Mira su reloj de pulso, y se apresura:

¡Ay! Se nos vino el tiempo encima.

Sale corriendo. Se oye el ruido de la ducha. Graciela levanta la voz para reanudar el monólogo desde el baño, y en un tono más doméstico:

(*Sube el tono.*) Bueno. Lo llamé al medio día y le pregunté por qué se sentía huérfano, y me explicó con todas sus letras que se sentía como si tú y yo estuviéramos muertos desde siempre. Así, de muy buen tono, y sin deseos de ofender. ¡Sabe Dios qué quiso decir! Después, también de pasada, me dijo que fíjate mamá, qué pena, pero no puedo estar en tus bodas de plata porque tengo que irme esta tarde a Chicago, para el matrimonio de Agatha. Le pregunté quién era Agatha, y me dijo que es la novia suya que me había contestado al teléfono por la mañana, que se iba a casar con otro por dos o tres años porque tenían un compromiso anterior.

Cesa la ducha. Graciela entra en bata de baño acabando de secarse el pelo con un secador eléctrico, y empieza a ponerse el vestido definitivo para la fiesta.

Sin embargo, eran tantas mis ansias que al fin se lo conté: que después de un análisis serio y desgarrador, no de ahora sino de varios años, había resuelto irme a vivir sola. Le expliqué los motivos lo mejor que pude, para que comprendiera que cuando dos personas se separan puede darse el caso de que ambos tengan razón. Sentía que me estaba oyendo de prisa, pero no me interrumpió hasta que llegué al final, y entonces me dijo: «Me parece muy bien, madre: déjame el teléfono de tu nueva casa, para llamarte cuando regrese de Chicago».

Reaparece el óvalo luminoso del espejo en primer plano. Cuando acaba de vestirse, Graciela lleva un cofre de joyas al tocador imaginario y se sienta a maquillarse en el banquito que ella misma pone frente al espejo. Entonces no se dirige al marido sino a su propia imagen.

Mientras se maquilla, un criado de uniforme, a media sombra, entra casi en puntillas y empieza a poner canastas de rosas en la habitación. Desde aquí hasta el final entrará varias veces con adornos florales que terminarán por ocupar el fondo del escenario.

A un cierto momento, el ámbito del teatro se irá saturando de una creciente fragancia de rosas.

Si al menos te quedara el consuelo de haber terminado con una infamia histórica. Pero ni eso. El único esfuerzo que has hecho para acabar con esta fortuna es levantarte todos los días a las diez de la mañana. Pero tampoco de eso se habla, por supuesto. O-tro-te-ma-pro-hi-bi-do.

¿Quién te entiende? Te pasas la vida sacándole el cuerpo a la realidad (*lo imita*), «olvídalo mi amor, no te maltrates el día», «tómate tu agüita de boldo y sueña con los ángeles». Y de pronto, ¡zas!

Hace el ademán de lanzar un plato contra el muro, y vuelve a oírse el estropicio de vajilla rota del principio, que continuará como fondo hasta el final del párrafo.

Pierdes los estribos por primera vez a la muy avanzada edad de cuarenta y ocho años, sin ningún motivo aparente, y vuelves añicos la vajilla regia. Si lo hiciste por asustarme te salió al revés. Para mí fue como un relámpago de liberación en medio del estrépito, con la esperanza de que aquella explosión de cólera nos abriera la brecha para una nueva intimidad. Pero ya vimos que no. Fue sólo el final espléndido de una farsa bien sostenida durante tantos años: un reguero de vidrio.

Vacía el cofre en la mesa: es una colección deslumbrante y variada como el tesoro de un pirata. Escoge un tapahuesos de diamantes, con sus aretes y pulseras, y se los pone ante el espejo.

Éstos son lo mismo que mi cepillo de dientes: personales e intrasferibles. Un premio a la resistencia física.

Aprecia en sus manos las mejores prendas.

Y éstas son del patrimonio familiar. La diadema en platino y oro, perlas y brillantes, que la primera marquesa estrenó para su boda, a los dieciocho años. (*Se la prueba.*) Nadie la volvió a usar desde entonces, porque sólo la puede llevar para casarse la hija mayor de cada generación, y no volvió a nacer ninguna. (*Otra.*) Pulsera de once esmeraldas (*se la pone en el cuello*) que se puede usar también como gargantilla. (*Otra.*) Anillo de compromiso: un zafiro con dos diamantes del *Vieux Brésil*. (*Se lo prueba.*) Pude llevarlo yo, pero no nos dimos tiempo para estar comprometidos. (*Otra.*) Y este es el hilo de perlas de seis vueltas que tu madre no se quitó sino para morir. (*Se quita todo, suspirando.*) En fin: el saldo de un imperio de filibusteros.

El espejo desaparece. Graciela echa todas las joyas a dos manos dentro del cofre, y entra en el baño, diciendo:

Si yo supiera que las van a rematar en subasta pública para una buena obra, ¡de acuerdo! ¿Pero dejarlas aquí para que las luzca cualquier guaricha de a dos por cinco sin haberlas sudado? ¡Qué va!

Al cabo de un breve silencio se oye el desagüe del inodoro. Graciela entra con el cofre vacío, que tira sin consideración en el cajón de la basura.

Tranquilo. Esto no va a dejarte más arruinado de lo que estás.

Y yo, desde luego, no te costaré un centavo más. Me voy como vine, con una mano alante y otra atrás, y sin perros que me ladren. Pero que esa bastarda no se vaya a constipar con la ilusión de que me voy por ella. Figúrate. ¡Por semejante porquería de mujer! Más bien tendría que agradecerle que me haya rescatado de una ilusión abominable para tomar conciencia de mi destino servil. Me voy por mí, y por nadie más, harta de una suerte mezquina que me lo ha dado todo menos el amor.

Se sirve un trago y lo bebe a pequeños sorbos.

No era esto lo que andaba buscando cuando me fugué contigo, ni lo que he estado esperando durante tantos y tantos años en esta casa ajena, y lo voy a seguir buscando hasta el último suspiro, donde esté y como esté, aunque el cielo se me caiga encima. Si el matrimonio no puede darme más que honor y seguridad, a la mierda: ya habrá otros modos.

Las parejas de invitados vestidos de etiqueta empiezan a entrar por ambos lados, y poco a poco irán ocupando la penumbra del fondo entre las canastas de rosas. Son como sombras estáticas cuyas caras no se ven. Así permanecerán hasta el final.

Has visto qué bien sobrellevo los desastres irreparables de la intimidad. Bueno: los volvería a desafiar a todos, y hasta con una gran alegría, sólo por ayudarte a envejecer. Pero a fuerza de soportarlos tanto no aguanto más los incordios minúsculos de la felicidad cotidiana. No aguanto más no saber a qué hora se come porque nunca se sabe a qué hora vas a llegar. No aguanto más que el pescado se vuelva a morir dos veces en el horno y que los invitados rueden borrachos por las alfombras esperando a que llegues. (Si llegas.) No aguanto más que cuando llegas seas tan seductor que me tratan a mí como si fuera yo la que llega tarde, o peor, la que no te deja llegar, y no tienes sino que sentarte al piano, o iniciar tus suertes de barajas, para que todos caigan en éxtasis a tus pies, y hasta los leones de mármol del vestíbulo se ponen a cantar a coro las mismas canciones de toda la vida, que *el vino que tiene Asunción no es blanco ni tinto ni tiene color*, toda la noche, una vez y otra vez, hasta que no queda ni una gota de vino en los porrones.

(*Hastiada*): ¡Se acabó!

En crescendo vehemente:

No aguanto más que vayas por todas parte soltando mentiras con dos jorobas más grandes que las de un camello, y que después te vuelvas siempre a preguntarme «¿No es cierto mi amor?» Y yo tengo que decir sin falta como el acólito en la misa, tocando la campana: «Sí, mi amor». No aguanto más criminales políticos en nuestra mesa. No aguanto más difamaciones de imbéciles contra mis hombres de letras. No aguanto más el chiste del que pide en la cantina un whisky sin agua y le contestan que será sin soda porque agua no hay. No aguanto más el desastre de la cocina cuando te da por preparar la receta del gallo hindú. No aguanto más el inventario matutino de tus desgracias porque no encuentras la camisa que quieres, cuando hay doscientas iguales en el ropero, acabadas de aplanchar y fragantes de vetiver. No aguanto más el tanque de oxígeno de emergencia a las tres de la madrugada cada vez que te tomas un trago de más y despiertas con la conduerma de siempre de que te falta el aire para respirar. No aguanto más quejumbres porque no encuentras los lentes que tienes puestos, ni porque se acabó el papel de baño con olor de rosas, ni el reguero de ropa por toda la casa: la corbata en el vestíbulo, el saco en la sala, la camisa en el comedor, los zapatos en la cocina, los calzoncillos en cualquier parte, y todas las luces encendidas por donde vas pasando, y el susto del diluvio al despertar porque anoche se te olvidó cerrar las llaves de la bañera, y la televisión hablando sola, y tú como si nada mientras el mundo se viene abajo, anestesiado detrás de ese periódico que repasas y vuelves a repasar al derecho y al revés, como si estuviera escrito en algarabía. No te aguanto más a ti travestido de manola, con la cara pintorreteada y la voz de retrasada mental cantando la misma cagantina de siempre:

Coge un abanico de manola y caricaturiza la canción.

Yo tengó,
yo tengó para hacer cría, una po,
una pollita en mi casa,
cantandó,

cantando no más lo pasa, y no pó,
y no pone todavía. Etc.

Tira el abanico con rabia, y coge la caja de fósforos más cercana para encender el cigarrillo, pero está vacía. Sin interrumpir el monólogo seguirá abriendo otras de las muchas que hay dispuestas en distintos lugares del escenario, pero todas vacías. Estrella una contra el suelo.

(*Gritando*): No aguanto más que seas tan simpático ¡carajo!

Hace una pausa, acezante, y cuando recobra el aliento reanuda en un tono más sereno:

Vas a cumplir medio siglo de vida, y todavía no has descubierto que a pesar de los viajes a la luna, a pesar de las seis suites para chelo solo, a pesar de tantas glorias del alma, los seres humanos seguimos siendo iguales a los perros. Soy consciente de cómo me miran los hombres (y algunas mujeres, por supuesto), de cómo me eligen a distancia y se abren paso en la muchedumbre y vienen hacia mí, y me saludan con un beso que a todo el mundo le parece convencional, pero que no siempre lo es. ¡Qué va! La mayoría lo hacen sólo para olfatearme, como los perros de la calle, y las mujeres tenemos un instinto para soltarles a unos un olor que les dice que no, y para soltarles a otros un olor que les dice que sí. Entre la gente que conocemos, aun entre los amigos más íntimos, cada mujer sabe quiénes son los hombres que sí, y ellos también lo saben. Es una comunidad unida por un pacto confidencial del cual nunca se habla, y quizás ni se hablará nunca, pero que está ahí, siempre alerta, siempre disponible, por si acaso.

Acelerada:

De manera que llegado el día, no ha de faltar un hombre que me ame de sobra para despertarme de amor cuando me haga la dormida, para que tumbe la puerta del baño cuando lo esté haciendo esperar demasiado, para que no le asuste ser vampiro en una que otra luna, y que sea capaz de serlo donde sea y como sea y no siempre en la cama como los muertos. Un hombre que no deje de hacerlo conmigo porque se imagina que no quiero, sino que me obligue a querer hacerlo aunque yo no quiera, a todas horas y en cualquier parte, como sea y por donde sea, debajo de los puentes, en las escaleras de incendio, en el retrete de un avión mientras el mundo duerme en medio del Atlántico, y que aun en las tinieblas exteriores o en los finales más ciegos sepa siempre que soy yo la que está con él, y que soy yo y ninguna otra la única que fue mandada a hacer sobre medidas para hacerlo feliz y ser feliz con él hasta la puta muerte.

Desesperada de no encontrar fósforos en las cajas, se aproxima por primera vez al marido, como si fuera un mueble más, y le saca un encendedor del bolsillo del saco. Después de encender el cigarrillo, le dice:

Y si no lo encuentro, no importa. Prefiero la libertad de estarlo buscando hasta siempre que el horror de saber que no existe otro a quien pueda querer como sólo he querido a uno en esta vida. ¿Sabes a quién? (*Le grita cerca*):

A ti, cabrón.

Sin rabia, sin maldad, casi como una travesura, le prende fuego al periódico que lee el marido. Luego se aparta, le da la espalda, y llega al final del monólogo sin darse cuenta de que el fuego se ha propagado, y el esposo inmóvil está siendo consumido por las llamas.

A ti: el pobre diablo con quien me fugué desnuda desde antes de nacer, al que le vigilaba el aliento mientras dormía para estar segura de que estaba vivo y era mío, y le revisaba cada pulgada de su piel de recién nacido para cuidar que no le faltara nada: ni un surco de más, ni un poro de menos, ni nada que pudiera perturbar el reposo de lo que era mío.

El primer mambo de la noche a grande orquesta empieza a volumen creciente, y Graciela va elevando la voz para hacerse oír.

Porque yo lo inventé para mí, tal como lo soñé a su propia imagen y semejanza desde mucho antes de conocerlo, para tenerlo mío hasta siempre, purificado y redimido en las llamas del amor más grande y desdichado que existió jamás en este infierno. (*Se desgañita*): ¡Carajo!

A los músicos invisibles:

¡Déjenme hablaaaaar!

Es lo último que se logra oír. El mambo aumenta hasta un volumen imposible, ahoga la voz, la borra del mundo, y Graciela sigue articulando frases inaudibles contra los músicos, gesticulando amenazas inaudibles contra los invitados sin rostros en la penumbra, insubordinada contra la vida, contra todo, mientras el marido imperturbable acaba de convertirse en cenizas

TELÓN

México, D. F., noviembre de 1987

Esta obra, publicada por
GRIJALBO MONDADORI, S. A.,
se terminó de imprimir en los talleres
de Hurope, S. L. de Barcelona,
el día 21 de mayo
de 1995